ADOPTE UN PAUVRE. COM

Pascal NOWACKI

ADOPTE UN PAUVRE. COM

THÉÂTRE

Toute représentation de la pièce de théâtre,
faisant l'objet de la présente édition,
est soumise à la réglementation sur les droits d'auteur.

En conséquence, vous devez obligatoirement,
avant toute exploitation de ce texte,
obtenir l'accord de l'auteur ou de la SACD, qui gère ses droits.

© 2021, Pascal Nowacki

Édition : BoD – Books on Demand
12/14 rond-point des Champs-Élysées, 75008 Paris
Impression : BoD – Books on Demand, Norderstedt, Allemagne

ISBN : 9 782 322 198 825
Dépôt Légal : Février 2021

Retrouver toute l'actualité de l'auteur sur
http://www.pascalnowacki.fr

Caractéristiques

Genre : Comédie dramatique.

Distribution : 5 personnages => 2 femmes et 3 hommes.

Décor : Salon d'un appartement de standing parisien.

Costumes : Contemporains.

SCÈNE 1

Intérieur d'un appartement cossu.
Une jeune fille est avachie sur le canapé, complètement hypnotisée par l'écran de son téléphone.
On sonne à la porte. La jeune fille ne bouge pas.
Nouvelle sonnerie. Toujours aucune réaction de la jeune fille.
Troisième sonnerie.

Vernard de la Billardière : *(Off)* Émilie ! Émilie, bordel !

Émilie : Quoi ?

Vernard de la Billardière : *(Off)* T'entends pas que ça sonne ? Tu peux pas aller ouvrir, non ? Je suis aux chiottes !

Nouvelle sonnerie.

Émilie : Fais chier ! *(Elle se lève et va ouvrir. François entre)*

François : Bonjour Émilie.

Émilie : B'jour.

François : Je suis venu voir ton père.

Émilie : Il arrive. Il est aux chiottes.

François : Ah… OK… Heu… Ça va les étu…

Émilie n'a pas attendu la fin de la phrase pour sortir.

François : On va dire que oui.

Entrée de Vernard de la Billardière.

François : Bonjour Vernard.

Vernard de la Billardière : Salut François. Ça va ?

François : Ça va. Toujours aussi aimable ta fille !

Vernard de la Billardière : Qu'est-ce qu'elle a encore fait ?

François : Je lui pose une question, tu vois, je lui demande si ça se passe bien ses études et elle, elle se barre sans répondre.

Vernard de la Billardière : Qu'est-ce que tu veux ? C'est une ado.

François : Elle a plus de 20 ans quand même !

Vernard de la Billardière : Ouais, ils mûrissent moins vite de nos jours. À 20 ans ou même à 25, tous les branchements ne sont pas encore faits, si tu vois ce que je veux dire. Elle doit tenir ça de sa mère. Mais ça lui passera avant que ça me reprenne, crois-moi ! T'as eu mon message ?

François : C'est pour ça que je suis là. T'as un truc à m'annoncer, il paraît ?

Vernard de la Billardière : Ouais.

François : Tu pouvais pas me le dire au téléphone ?

Vernard de la Billardière : C'est un scoop. Assieds-toi ! Tu veux boire quelque chose ?

François : Toujours ! C'est quoi la nouvelle ?

Vernard de la Billardière : Je sors de Bercy.

François : Bercy ?

Vernard de la Billardière : Le ministère des finances.

François : Ah ben oui. Qu'est-ce que t'es allé faire là-bas ?

Vernard de la Billardière : Je te l'ai déjà dit, on est allé à l'école ensemble, Hervé et moi.

François : Mourillon, le ministre ?

Vernard de la Billardière : Ouais. T'écoutes jamais quand on te parle, toi ?

François : Si, si ça me dit vaguement quelque chose. Bon, bref, et alors ?

Vernard de la Billardière : Tiens-toi bien. Il va sortir le décret mercredi prochain !

François : Non ?

Vernard de la Billardière : Si ! Comme je te dis ! Il appelle ça du parrainage solidaire. En gros, et vu qu'il y a, soi-disant, de plus en plus de pauvres qui ne peuvent plus payer leurs loyers, si tu en héberges un, tu as le droit à une forte diminution d'impôt. Et quand je dis une forte diminution, Hervé m'a donné le chiffre, c'est vraiment intéressant.

François : Combien ?

Vernard de la Billardière : Ça peut aller jusqu'à 65 % selon des critères de sélection qui restent à déterminer. C'était encore un peu flou dans son esprit. 65 %, tu te rends compte ?

François : Sérieux ?

Vernard de la Billardière : Comme je te dis.

François : Ouais enfin, faut quand même héberger quelqu'un que tu ne connais pas. C'est pas forcément l'idéal comme situation.

Vernard de la Billardière : Tu rigoles ? Un pauvre, ça demande pas grand-chose pour être heureux. Un toit, du chauffage, et pour le reste, il se démerde.

François : Tu crois ?

Vernard de la Billardière : Mais oui. Du coup j'ai dit à Hervé que j'étais volontaire.

François : Pour ?

Vernard de la Billardière : Pour héberger un pauvre.

François : Toi ?

Vernard de la Billardière : Moi !

François : T'es devenu marxiste ?

Vernard de la Billardière : Ça va pas, non ! Mais comme je suis le premier, j'ai obtenu 10 % de plus. 75 % de réduction ! C'est pas la classe, ça ?

François : T'es fort !

Vernard de la Billardière : Je suis le meilleur.

François : Et Malika ?

Vernard de la Billardière : Quoi Malika ?

François : Elle en dit quoi, ta femme ?

Vernard de la Billardière : Tu sais, parfois, quand tu t'y mets, je me demande si tu serais pas un peu idiot ! Qu'est-ce qu'on en a à foutre ? C'est pas elle qui décide. Attends, c'est moi qui ramène le pognon à la maison, c'est pas elle. Elle, elle le dépense. Et avec cette nouvelle loi, on va économiser sur les impôts donc ça lui en fera plus à dépenser. Alors crois-moi, elle sera bien contente.

François : Si tu le dis.

Vernard de la Billardière : Et j'ai même quelques idées pour qu'on se fasse encore plus de fric avec cette histoire.

François : « On » ?

Vernard de la Billardière : Ouais. Je voudrais soumettre des idées à Mourillon pour les critères, histoire d'optimiser un maximum le placement. Je compte sur toi pour m'aider. Tu vas voir, on va se faire des couilles en or.

François : Tu sais, moi, mon truc, c'est l'informatique.

Vernard de la Billardière : Et l'informatique, c'est des maths ! Les maths, c'est compter. Et qui dit compter dit pognon !

François : Tu ne changeras jamais !

Entrée de Malika.

Malika : Coucou.

François : Bonjour Malika.

Malika : Ah, bonjour François. Vous allez bien ?

Vernard de la Billardière : Oui il va bien, il va bien. Bon tu peux nous laisser ? On parle affaires là. C'est pas la peine que tu restes, tu ne vas rien comprendre.

Malika : D'accord. Je vais déballer mes achats dans la chambre. J'ai pris une…

Vernard de la Billardière : Oui c'est bien, c'est bien… Tu me montreras ça plus tard. Allez ouste !

Malika sort.

Vernard de la Billardière : Tu vois, qu'est-ce que je te disais ? Du moment qu'elle dépense, elle est contente ! Le reste, elle s'en fout !

François : J'en suis pas si sûr.

Vernard de la Billardière : Qu'est-ce que tu veux dire ?

François : Je pense qu'elle est certainement plus intelligente que ce qu'elle veut bien montrer.

Vernard de la Billardière : Malika ? Tu rigoles ? Ça fait des années que nous sommes mariés. Si elle avait été intelligente, crois-moi, je l'aurais remarqué. Allez viens dans mon bureau et passons aux choses sérieuses.

NOIR

SCÈNE 2

Même décor, quelques jours plus tard.
Malika, élégamment vêtue, est seule sur scène.
Elle complète une liste.

Malika : Et… *(en écrivant)* une statuette en marbre d'environ 20 cm représentant Vénus, sur la cheminée. Voilà, je crois que j'ai fait le tour. Ah non, le cendrier. *(Criant)* Faut que je note aussi le cendrier ?

Vernard de la Billardière : *(Off)* Oui. Tout, j'ai dit !

Malika : D'accord. Alors… *(notant)* un cendrier en… qu'est-ce que c'est que ça ? De la porcelaine ? Allez, hop, porcelaine de Limoges sur la table basse.

Entrée de Vernard de la Billardière.

Vernard de la Billardière : C'est bon ?

Malika : Oui, je finis de noter le cendrier en porcelaine de Limoges là, et j'ai fini.

Vernard de la Billardière : En porcelaine de Limo… Mais, c'est de la porcelaine de Sèvres !

Malika : Ah, ils font de la porcelaine à Sèvres ? Je n'en ai jamais entendu parler. Ça doit pas valoir celle de Limoges !

Vernard de la Billardière : Ah non, ça ne la vaut pas, c'est sûr ! Bon fait voir la liste.

Malika : Tiens.

Vernard de la Billardière : Merci.

Malika : C'était obligé de faire un inventaire, comme ça ?

Vernard de la Billardière : Ben oui ! On va accueillir un pauvre chez nous, quand même ! Alors, même si normalement tout a été vérifié en amont et qu'ils ont tous été sélectionnés avec rigueur, on ne le connaît pas. Et un pauvre, ça reste un pauvre, ça vole, c'est dans ses gènes. Donc on ne peut pas lui faire confiance. Bon ben voilà, je crois qu'on est prêt !

Le téléphone de Vernard vibre.

Vernard de la Billardière : *(Lisant son texto)* C'est François. Ils arrivent ! Où est Émilie ?

Malika : Dans sa chambre.

Vernard de la Billardière : *(Criant)* Émilie !

Émilie : *(Off)* Ouais !

Vernard de la Billardière : Tu viens oui ou non ? *(À Malika)* Elle commence à vraiment me courir sur le haricot, celle-là.

Malika : Voyons, calme-toi.

Vernard de la Billardière : Émilie !

Émilie : *(Off)* C'est bon, j'arrive !

Vernard de la Billardière : Si je connaissais le nom du crétin qui a interdit la fessée ! Encore un qu'avait pas de gosse !

Entrée d'Émilie.

Vernard de la Billardière : Ah quand même !

Malika : Ça va ma chérie ?

Émilie : À ton avis ?

Vernard de la Billardière : Eh, oh ! En peu de respect, s'il te plaît !

Émilie : C'est bon, t'énerve pas.

Vernard de la Billardière : Il y a des claques qui se perdent !

Émilie : L'argument typique du mec qui n'a rien à dire !

Vernard de la Billardière : Le mec, comme tu dis, je te rappelle que c'est ton père !

Émilie : Et alors ? C'est pas parce que t'es mon père que ça te donne tous les droits !

Vernard de la Billardière : C'est bien dommage ! Parce qu'une bonne claque dans la gueule, ça n'a jamais tué personne ! Regarde, moi, j'en ai reçu plein quand j'étais jeune. Et ça m'a pas empêché d'être quelqu'un de bien en devenant adulte ! Au contraire ! Mais maintenant, les jeunes, avec toutes ces conneries, on en fait des merdes molles ! Voilà, c'est ça ! Vous êtes une génération de merdes molles !

Émilie : C'est toujours mieux qu'une génération de vieux cons !

Vernard de la Billardière : Émilie !

Malika : Allons, allons, calmez-vous ! Émilie, excuse-toi auprès de ton père, s'il te plaît.

Émilie : *(Du bout des lèvres)* Pardon.

Malika : Voilà ! Quant à toi, tu ne devrais pas parler comme ça. Ils sont très bien, ces jeunes. Et puis, comme tu l'as avoué toi-même, tu en as reçues des claques quand tu étais jeune, non ?

Vernard de la Billardière : Parfaitement. Et alors ?

Malika : Ça veut dire que toi aussi, quand tu étais jeune, tu as dû en faire des bêtises !

Vernard de la Billardière : C'était pas pareil ! On faisait des bêtises, peut-être, mais c'étaient des bêtises intelligentes ! Et surtout, nous, on avait du respect pour nos parents et pour les adultes en général !

Sonnerie de la porte.

Vernard de la Billardière : Les voilà ! *(À Malika)* Ben qu'est-ce que tu attends ? Va ouvrir.

Malika ouvre la porte.
François et Kévin entrent.

SCÈNE 3

François : Bonjour Malika.

Malika : Bonjour François. Bonjour monsieur.

Kévin : Bonjour madame.

Malika : Entrez, je vous en prie, entrez !

Vernard de la Billardière : Ah, salut mon vieux !

François : Comment vas-tu ?

Vernard de la Billardière : Bien et toi ?

François : Ça va,

Vernard de la Billardière : Bonjour monsieur.

François : Vernard, je te présente, Kévin ! Kévin, voici Monsieur de la Billardière.

Kévin : Bonjour monsieur.

Vernard de la Billardière : Kévin ?

Kévin : Oui.

Vernard de la Billardière : *(Agréablement surpris)* C'est pas vrai ? Kévin ?

Kévin : Heu… Oui !

François : Vous vous connaissez ?

Vernard de la Billardière : *(À François)* Ça ne va pas non ! *(À Kévin)* Vous vous appelez vraiment Kévin ?

Kévin : Ben… oui.

Vernard de la Billardière : C'est bien, ça !

Kévin : Ravi que ça vous plaise.

Vernard de la Billardière : Non, mais tu entends ça, Malika ? Il s'appelle Kévin !

Malika : Oui chéri, j'ai entendu.

Vernard de la Billardière : Il n'y a bien que des pauvres pour donner à leurs enfants des prénoms aussi ridicules ! Kévin, Killian, Ashley et cetera, des trucs qu'ils ont entendus dans des séries américaines ou au football ! Tenez, vous savez comment la gardienne de l'immeuble, une Portugaise, a appelé ces enfants ?

Kévin : Non.

Vernard de la Billardière : Devinez !

Kévin : Je ne sais pas.

Vernard de la Billardière : François ?

François : Oh, comme moi !

Vernard de la Billardière : Mais non, je te demande ton avis !

François : Ah pardon ! Aucune idée.

Vernard de la Billardière : Joao et Manuela ! Vous vous rendez compte ?

Kévin : Pas très bien, non !

Malika : C'est américain, ça ?

François : Non, je ne crois pas, non.

Malika : Ce sont des footballeurs ?

François : En cherchant bien, peut-être…

Vernard de la Billardière : Mais non, je viens de te le dire, c'est portugais !

François : Des footballeurs portugais ?

Vernard de la Billardière : Mais non !

Malika : Quel rapport avec les Américains ?

Vernard de la Billardière : Je ne te parle pas des Américains mais des pauvres qui donnent toujours des prénoms ridicules à leurs enfants ! Et la gardienne, c'est la preuve ! Joao et Manuela !

Kévin : Pardonnez-moi mais si elle est portugaise, c'est normal que ses enfants aient des prénoms portugais, non ?

Vernard de la Billardière : Ah ben vous, vous êtes bien un pauvre, tiens ! Aucune réflexion ! Et on est où ici ?

Kévin : Chez vous.

Vernard de la Billardière : Oui, ça d'accord. Mais où exactement ?

Kévin : À Paris.

Vernard de la Billardière : Oui et donc ?

Kévin : Donc ?

Vernard de la Billardière : En France ! On est en France !

Kévin : Ah ! Oui.

Vernard de la Billardière : Voilà ! Et elle, elle leur donne des prénoms étrangers ! Comment voulez-vous qu'ils s'intègrent plus tard ? Je te jure, ça ne pense vraiment à rien les pauvres !

Malika : Ah c'est pour ça ?

Vernard de la Billardière : Ben oui ! C'est évident, non ?

Malika : Maintenant que tu le dis.

François : Évidemment !

Vernard de la Billardière : Non ?

Kévin : Si, si, si !

Émilie : *(Qui s'était faite oubliée sur le canapé)* J'ai envie de vomir !

Vernard de la Billardière : Quoi ?

Kévin : Oh pardon, je ne vous avais pas vue. Bonjour mademoiselle.

Émilie : Bonjour.

Vernard de la Billardière : *(À Kévin)* Ma fille, Émilie.

Kévin : Enchanté.

Vernard de la Billardière : Faut pas !

Émilie : *(À Malika)* Je suis obligée de rester, là ?

Vernard de la Billardière : Pourquoi, tu as quelque chose de plus important à faire ?

Kévin : Ça n'a pas l'air d'aller.

Vernard de la Billardière : De quoi je me mêle ?

Kévin : Pardon.

Malika : Ça va Émilie ?

Émilie : Non, ça ne va pas ! Bonjour l'ouverture d'esprit !

Vernard de la Billardière : Comment ? De quoi tu parles ? Moi, je ne suis pas ouvert d'esprit ? Moi ?

Émilie : Oui, toi ! Monsieur Vernard de la Billardière ! Tu… Tu me dégoûtes ! *(Elle sort)*

Vernard de la Billardière : Émilie ! Reviens ici tout de suite ! Émilie ! Vous avez entendu ça, Kévin ?

Kévin : Oui monsieur.

Vernard de la Billardière : Ma propre fille ! Sous mon propre toit ! Me dire, à moi, que je n'ai aucune ouverture d'esprit !

Kévin : C'est ce que j'ai entendu aussi.

Vernard de la Billardière : Pas d'ouverture d'esprit ?

Kévin : C'est ce qu'elle a dit, oui.

Vernard de la Billardière : Moi ?

Kévin : Vous.

Vernard de la Billardière : Ma femme s'appelle Malika !

Kévin : Je ne savais pas.

Malika : Si, si !

Vernard de la Billardière : Malika !

Malika : Oui ?

Vernard de la Billardière : *(À Malika)* Non, rien, tais-toi ! *(À Kévin)* Malika, hein ? Si c'est pas de l'ouverture d'esprit, ça !

Kévin : Effectivement !

Vernard de la Billardière : On est d'accord ?

Kévin : Oui.

Vernard de la Billardière : On est d'accord ?

Kévin : Oui.

Vernard de la Billardière : Voilà, on est d'accord !

Malika : En plus, Malika, ce n'est pas portugais.

Vernard de la Billardière : Quoi ?

François : Ah, ah, ah, sacrée Malika ! Elle est plein d'humour ta femme.

Malika : Je devrais peut-être aller voir Émilie…

Vernard de la Billardière : Mais ouais c'est ça, vas-y, allez, cours ! Va la rejoindre, va la consoler, la pauvre petite ! T'es vraiment idiote. Tu vois pas qu'elle en profite et qu'elle se fout de toi ?

Malika sort.

François : Allons, Vernard, faut comprendre, c'est sa mère.

Vernard de la Billardière : Et moi ? Je suis qui, moi ?

François : Son père.

Vernard de la Billardière : Voilà ! Moi je suis son père. C'est quand même autre chose, non ? Et je te le dis, elles commencent sérieusement à me courir sur le haricot toutes les deux. Faudrait pas pousser le bouchon trop loin ! Bon, au moins, comme ça on est tranquille. Eh bien Kévin, bienvenue !

Kévin : Merci monsieur.

Vernard de la Billardière : Vous allez voir, vous allez être bien ici. Vous pouvez compter sur moi.

Kévin : Oui je vois déjà. Merci.

NOIR

SCÈNE 4

Vernard de la Billardière : Kévin ! Kévin !

Kévin : Oui monsieur ?

Vernard de la Billardière : Où étiez-vous passé ?

Kévin : J'étais sur la terrasse. Il y a une jolie vue et…

Vernard de la Billardière : Oui, non, je m'en fous en fait !

Kévin : Ah bien monsieur !

Vernard de la Billardière : J'ai quelque chose pour vous !

Kévin : Pour moi, monsieur ?

Vernard de la Billardière : Oui. Comme on vous accueille dans notre maison, vous faites un peu partie de la famille maintenant.

Kévin : Oh c'est gentil monsieur.

Vernard de la Billardière : D'ailleurs, si vous le voulez bien, je vais vous tutoyer ? Qu'est-ce que t'en dis ?

Kévin : OK d'accord, si tu veux.

Vernard de la Billardière : Heu, non, par contre, j'ai dit que je te tutoyais mais c'est tout. Toi, tu continues à me vouvoyer.

Kévin : Ah oui, pardon.

Vernard de la Billardière : Je suis chez moi, c'est moi le maître.

Kévin : Oui, excusez-moi.

Vernard de la Billardière : Bien alors voilà, pour en revenir à ce que je voulais te dire, je t'ai appelé parce que j'ai un petit cadeau pour toi.

Kévin : Pour moi ?

Vernard de la Billardière : Oui, oh… c'est trois fois rien, hein ! Mais je pense que tu vas être content. Alors voilà, c'est pour toi.

Kévin : Oh… qu'est-ce que c'est que ça ?

Vernard de la Billardière : Un panier.

Kévin : Un panier ?

Vernard de la Billardière : Un panier tout neuf. Et j'ai pris le top, hein ! 100 % pur coton recyclable. C'est le truc à la mode, ça, en ce moment, le recyclable ! Touche ! C'est pas beau, ça, hein ?

Kévin : Si.

Vernard de la Billardière : Et doublé imperméable. Comme ça si tu t'oublies, que t'as pas le temps d'aller aux toilettes, je sais que ça arrive souvent chez les pauvres, eh bien… pas de souci. Un petit coup d'éponge et hop c'est propre.

Kévin : Ah oui ? Je ne sais pas quoi dire.

Vernard de la Billardière : Oui, je sais, tu as l'habitude de dormir sur deux, trois cartons mais un panier c'est quand même plus chic dans une maison, non ? Et puis, je peux bien offrir une petite folie à mon pauvre si ça me fait plaisir, non ? Je suis généreux, moi, je ne regarde pas à la dépense. Je veux que mon pauvre se sente bien, chez moi. *(Léger temps. Vernard regarde Kévin d'un air satisfait tandis que ce dernier est scotché par la surprise).* Tu te sens bien ?

Kévin : Ah, heu… C'est… comment dire ? C'est… Je…

Vernard de la Billardière : Regardez-le, c'est l'émotion, il ne sait plus quoi dire. Inutile de me remercier, c'est normal. Je suis un être humain quand même ! Allez, pas de chichi, vas-y !

Kévin : Où ça ?

Vernard de la Billardière : Dans ton panier ! Il est à toi désormais. Vas-y voir, couche-toi dedans.

Kévin : Là, maintenant ? J'ai pas très envie de dormir, en fait…

Vernard de la Billardière : Ne fais pas le timide. C'est ton panier. Essaye-le !

Kévin se déchausse et se met dans le panier mais reste debout.

Vernard de la Billardière : C'est assez moelleux ?

Kévin : Heu… oui, oui, c'est bien moelleux.

Vernard de la Billardière : Couche-toi.

Kévin : Pardon ?

Vernard de la Billardière : J'ai dit : couché !

Kévin : Que je me couche, maintenant ?

Vernard de la Billardière : C'est ça. Allez, couché !

Kévin : Mais je n'ai pas envie de dormir.

Vernard de la Billardière : Je ne te demande pas de dormir mais de te coucher.

Kévin : D'accord.

Kevin s'exécute.

Vernard de la Billardière : Il n'est pas bien là ?

Kévin : Franchement ?

Vernard de la Billardière : C'est douillet, non ?

Kévin : Oui enfin, non, enfin si, si c'est douillet. On ne peut pas dire le contraire, c'est douillet.

Vernard de la Billardière : Je savais que ça te plairait !

Kévin : Heu… oui, beaucoup ! Mais si vous le permettez, et comme il est encore un peu tôt, je vais me relever.

Vernard de la Billardière : Bien sûr !

Kévin tend la main pour que Vernard l'aide à se relever.

Kévin : S'il vous plaît ?

Vernard de la Billardière : Oh, il me donne la papatte !

Kévin : Hein ?

Vernard de la Billardière : C'est un bon paupauvre, ça !

Kévin : Un paupauvre ?

Vernard de la Billardière : Oh je sens que ça va me plaire cette histoire. Ah, je suis content ! Tu sais quoi ?

Kévin : Non. Et je me demande si je veux vraiment le savoir.

Vernard de la Billardière : Dès que je peux, j'irai t'acheter un collier avec une médaille ! Avec ton nom dessus.

Kévin : Non, ça, il ne faut pas !

Vernard de la Billardière : Mais si, mais si. Je veux le meilleur pour mon pauvre !

NOIR

SCÈNE 5

Même décor, le lendemain.
Émilie est avachie sur le canapé, complètement hypnotisée par l'écran de son téléphone. Entre Kévin, en train de finaliser le nœud d'une cravate. Il a essayé de faire un effort vestimentaire (pantalon, chemise et veste propres mais dépareillés).

Kévin : Bonjour mademoiselle.

Émilie : Ha ! Bonjour. Vous pouvez m'appeler Émilie.

Kévin : D'accord... Moi c'est Kévin.

Émilie : Oui, je sais.

Kévin : Ah ben oui. Pardon.

Émilie : On peut se tutoyer ?

Kévin : Si vous voulez.

Émilie : Je préfère. On a à peu près le même âge, alors...

Kévin : Oui, tout à fait.

Émilie : La cravate te va bien. Quelle classe !

Kévin : C'est ironique ?

Émilie : Un peu. T'as un rencart ?

Kévin : Ouais !

Émilie : Pas terrible, le look pour un rencart.

Kévin : Avec ma conseillère pôle-emploi !

Émilie : Ah ! Dans ce cas, c'est très bien ! Par contre... *(Elle se lève).* Attends... *(Elle ajuste le nœud de cravate).* Voilà c'est mieux comme ça !

Kévin : Merci.

Émilie : Je voulais te dire… je suis désolée pour mon père.

Kévin : Votre père ? Je ne comprends pas.

Émilie : Je déteste la manière dont il te traite. En fait, je déteste la manière dont il traite tout le monde. C'est un con.

Kévin : Heu… disons qu'il est un peu « brut de décoffrage » mais peut-être que c'est parce qu'il ne veut pas montrer ses sentiments.

Émilie : Lui ?

Kévin : Ça arrive souvent, vous savez !

Émilie : Non, je t'assure que lui, il est juste con. Il n'y a que le pognon qui l'intéresse.

Kévin : Moi aussi, ça m'intéresse.

Émilie : Oui, évidemment.

Kévin : Ce que je veux dire, c'est qui ne serait pas intéressé ? Moi, si on m'en propose, je prends. Pas vous ?

Émilie : Ah non, pas moi, non.

Kévin : Sincèrement, vous ne voudriez pas avoir votre propre argent plutôt que de dépendre de celui de votre père ?

Émilie : Ah si ! Dans ce cas-là, oui, carrément ! Je pourrais me barrer de cette baraque de merde.

Kévin : Nous sommes tous intéressés par l'argent. C'est juste que chez certains, c'est un peu plus développé. Vous ne pouvez pas en vouloir à votre père pour ça.

Émilie : On avait pas dit qu'on se tutoyait ?

Kévin : Si.

Émilie : Parce que là, tu continues à me vouvoyer, c'est gênant.

Kévin : Ah parce que moi aussi, je peux te tutoyer ?

Émilie : Ben oui, pourquoi ?

Kévin : Non c'est parce que hier votre père… enfin, ton père m'a fait le même coup et…

Émilie : Quel coup ?

Kévin : Non, rien. Laisse tomber. Et sinon, tu fais quoi dans la vie ?

Émilie : Je suis étudiante en psycho.

Kévin : Ah c'est bien.

Émilie : Non. Mais comme ça ne demande pas de compétence particulière. Ça me va, c'est cool, je ne me fatigue pas trop.

Kévin : *(Amusé)* Ah oui, je vois ! C'est un choix longuement réfléchi, quoi ! Un vrai plan de carrière sur le long terme !

Émilie : *(Amusée)* C'est ça !

Kévin : C'est beau.

Émilie : T'as vu ça !

Kévin : Je suis admiratif.

Émilie : En fait, je ne sais pas encore ce que je veux faire. Je voudrais trouver un truc vraiment utile, tu vois ? Un truc où j'aurais vraiment l'impression de servir à quelque chose ou à quelqu'un ! Et toi ?

Kévin : Quoi, moi ?

Émilie : Comment tu en es arrivé là ?

Kévin : Ah ! Heu… c'est… c'est un peu long à expliquer. Mais disons que c'est aussi un choix de carrière.

Émilie : C'est un choix de carrière d'être SDF ?

Kévin : Non, enfin oui… on peut dire ça comme ça. En tout cas, je ne le regrette pas.

Émilie : Bizarre.

Kévin : Un jour je t'expliquerai. Mais pour le moment. Je dois y aller. Mon… rencart !

Émilie : Oh oui, pardon, je te retarde.

Kévin : Pas de souci. À plus tard.

Émilie : Bon courage.

Kévin sort.

SCÈNE 6

Entrée de Malika.

Malika : Coucou ma chérie.

Émilie : Ouais.

Malika : Ça va ? Qu'est-ce que tu fais de beau ?

Émilie : J'ai bientôt cours, je vais aller me préparer.

Malika : Tu finis à quelle heure ?

Émilie : Le plus tard possible, j'espère. Pas envie de revenir ici trop vite.

Émilie sort.
Malika sort son téléphone et compose un numéro.

Malika : Allô ? Oui, bonjour madame, Malika de la Billardière à l'appareil. Je vous appelle pour vous informer que j'ai bien reçu les documents que Maître Poncelet m'a fait parvenir. Je les ai paraphés et signés. Je voulais savoir quand je pouvais passer pour les lui remettre, s'il vous plaît ? *(…)* Eh bien, le plus tôt sera le mieux *(…)*

On sonne à la porte.

Malika : Ah excusez-moi, on sonne à la porte. Je vais ouvrir et je vous reprends.

Malika ouvre la porte. Entrée de François.

François : Bonjour Malika.

Malika : Bonjour François.

François : Vous allez bien ?

Malika : Très bien, merci. Et vous ?

François : Ça va, ça va.

Malika : Vous m'excuserez, mais je suis au téléphone.

François : Ah ? Oui, pardon, je vous en prie.

Malika : Allô ? *(…)* Oui, excusez-moi. *(…)* Ah ! Eh bien s'il ne peut pas avant, tant pis. Je note mercredi, dans 2 semaines. *(…)* 17H ? c'est parfait ! Merci. Au revoir, Madame. *(À François)* Voilà, j'ai fini.

François : Rien de grave, j'espère ?

Malika : Non, non, non. Au contraire. Enfin une fois que je me serai débarrassée des formalités administratives.

François : Ah, ça ! L'administration !

Malika : Oui, plus ils veulent faire simple et plus c'est compliqué.

François : Ne m'en parlez pas ! Vernard est là ?

Malika : Non, pas encore. Je suis seule…

François : Ah oui ?

Malika : Avec Émilie. Elle doit être dans sa chambre.

François : Ah !

Malika : Mais elle m'a dit qu'elle allait bientôt sortir.

François : D'accord. Bon, ben, je vais attendre Vernard en vous tenant compagnie, si vous le voulez bien ?

Malika : Avec plaisir.

Petit silence gêné.

François : Ça s'est rafraîchi, non ?

Malika : Non, je ne trouve pas, non.

François : Ah ? Alors c'est moi. Je couve peut-être quelque chose.

Malika : Un œuf ?

François : Pardon ?

Malika : Habituellement, c'est ce qui se couve le mieux.

François : Non je pensais à une grippe ou un truc dans le genre.

Malika : Oui, j'avais compris. C'était de l'humour.

François : Ah !

Malika : Vous êtes stressé ?

François : Un peu, oui.

Entrée d'Émilie.

Émilie : Maman ? J'y vais ! Ah, pardon !

François : Bonjour Émilie. Alors comment ça va les étu…

Émilie : Ne m'attendez pas pour manger.

François : *(Pour lui)* On va dire que oui.

Émilie : Je serai avec des copains.

Malika : Ne rentre pas trop tard. Tu sais comment est ton pè…

Émilie sort, sans attendre la fin de la phrase de Malika.

François : Elle est partie.

Malika : Oui.

François : Nous sommes seuls.

Malika : Oui.

François : Malika ? Je t'aime.

Malika : François…

François : Je t'aime, Malika.

Malika : Je sais, tu me le dis à chaque fois que nous nous voyons.

François : C'est parce qu'à chaque fois que je te vois, je t'aime encore plus que la fois précédente.

Malika : Tu es fou.

François : Oui, je suis fou de toi.

Malika : C'est mièvre quand même !

François : Et alors ? Si ça me plaît, à moi, d'être mièvre ? Dis-moi que tu m'aimes, toi aussi.

Malika : Tu le sais.

François : Dis-le-moi.

Malika : Je t'aime.

François : Embrasse-moi.

Malika : Non.

François : Un baiser, un seul.

Malika : Je suis mariée, François, et jamais je ne tromperai mon mari.

François : Un baiser, ce n'est pas tromper.

Malika : Si je t'accorde un baiser, tu voudras plus ensuite.

François : Oui, c'est vrai

Malika : Tu vois !

François : Mais c'est parce que je t'aime. Malika, mon petit cœur, il faut…

Malika : J'aime quand tu m'appelles mon petit cœur.

François : Merci. Je voulais te parl…

Malika : C'est dingue que tu sois amoureux de moi.

François : Pourquoi ? Tu as tout pour plaire à un homme. Tu es belle, tu es intelligente…

Malika : Tout le monde ne partage pas ton avis. Vernard me dit toujours que je suis une idiote. Une ravissante idiote. Mais une idiote quand même !

François : C'est lui l'idiot ! Il n'a pas conscience de la chance qu'il a de t'avoir à ses côtés. Il ne te mérite pas. Je ne comprends pas que tu restes avec lui.

Malika : C'est mon mari.

François : Et tu es sa femme, oui, je sais.

Malika : Oui.

François : Ben justement ! Tu es sa femme, pas sa chose. Je ne suis pas sûr qu'il fasse la différence.

Malika : Il ne la fait pas.

François : Eh bien alors ? Qu'attends-tu pour le quitter et venir vivre avec moi ?

Malika : Je ne peux pas. Pas tout de suite.

François : Quand ?

Malika : Quand le moment sera venu.

Entrée de Vernard de la Billardière.

SCÈNE 7

Vernard de la Billardière : Ah, François, tu es déjà là !

François : Salut Vernard. Je… je viens d'arriver.

Vernard de la Billardière : Très bien.

Malika : Bonjour mon chéri !

Vernard de la Billardière : Ouais bonjour, bonjour. Tu peux nous laisser ? On doit discuter, François et moi.

François : On a peut-être le temps, non ? Tu viens de rentrer. Peut-être que ta femme voudrait profiter un peu de toi ?

Vernard de la Billardière : Mais non, mais non. On n'a pas le temps. Et tu sais ce qu'on dit ? Le temps c'est de l'argent. Et moi, l'argent, j'adore ça. *(À Malika)* Tu voulais me dire quelque chose ?

Malika : Non.

Vernard de la Billardière : *(À François)* Ah ! Tu vois ! *(À Malika)* Bon laisse-nous maintenant.

Malika : *(À Vernard)* Oui mon chéri. *(À François)* Au revoir François.

François : Au revoir Malika.

Vernard de la Billardière : Oui, c'est ça. *(La raccompagnant vers la porte menant aux chambres)* Allez, au revoir Malika, au revoir.

Malika sort.

Vernard de la Billardière : Voilà ! Enfin tranquille. On va pouvoir parler sérieusement.

François : T'es dur quand même avec elle.

Vernard de la Billardière : Oui je sais, je sais. Tu me le dis à chaque fois. Mais crois-moi, elle n'est pas malheureuse. Tu trouves qu'elle est malheureuse ?

François : Heu… non.

Vernard de la Billardière : Voilà, on est d'accord. On peut passer à autre chose ?

François : Oui, oui.

Vernard de la Billardière : Bon, tu ne connais pas la dernière ?

François : Je t'écoute.

Vernard de la Billardière : Mourillon…

François : Le ministre ?

Vernard de la Billardière : Oui, qui veux-tu que ce soit d'autre ?

François : Je ne sais pas.

Vernard de la Billardière : Ben voilà, c'est le ministre. Mourillon, le ministre donc, il a encore pondu une idée à la con !

François : Allons bon ? Et c'est quoi cette fois ?

Vernard de la Billardière : Il veut que Kévin trouve un travail.

François : Et alors ?

Vernard de la Billardière : Rassure-moi, tu le fais exprès ? C'est une catastrophe !

François : Ah bon ?

Vernard de la Billardière : Réfléchis deux secondes ! Si Kévin, là, il retrouve du travail. Il va toucher un salaire…

François : Ouais.

Vernard de la Billardière : Et avec ce salaire il va pouvoir se trouver un logement.

François : C'est bien pour lui, non ?

Vernard de la Billardière : Mais on s'en fout de lui ! C'est de moi que je te parle ! C'est de nous !

François : Nous ?

Vernard de la Billardière : Je te jure tu ne m'aides pas là !

François : Excuse-moi, mais j'ai du mal à voir où tu veux en venir.

Vernard de la Billardière : Si Kévin trouve un travail, il peut se payer un logement.

François : Tu l'as déjà dit.

Vernard de la Billardière : Oui mais comme tu comprends rien, je répète. Et s'il trouve un logement, il part d'ici. Je n'ai plus de pauvre et donc je perds mon avantage fiscal.

François : Mais c'est pas grave, tu en trouveras un autre.

Vernard de la Billardière : Sauf que Mourillon, il ne veut pas seulement que Kévin trouve un travail. Il veut que tous les pauvres retrouvent du travail. Tous, tu entends ? Et si tous les pauvres retrouvent du travail, il n'y a plus de pauvres. Et là je peux dire adieu à mon avantage fiscal.

François : Ah merde !

Vernard de la Billardière : Ah ça y est ? T'as compris ?

François : Oui, oui, oui. Ben… tant pis, je suis sûr que tu vas rebondir.

Vernard de la Billardière : Oui, j'ai même déjà une idée.

François : Ah oui ?

Vernard de la Billardière : On va faire en sorte qu'il y en ait toujours.

François : De quoi ?

Vernard de la Billardière : Des pauvres.

François : Hein ?

Vernard de la Billardière : C'est pourtant simple. On va s'arranger pour qu'il y en ait toujours, des pauvres.

François : Comment ?

Vernard de la Billardière : En les aidant se reproduire entre eux !

François : Quoi ?

Vernard de la Billardière : Les pauvres, ça aime bien se reproduire entre eux. Sauf que s'il y a de moins en moins de pauvres, à cause de Mourillon, ils risquent d'avoir du mal à trouver un ou une partenaire.

François : Mourillon ?

Vernard de la Billardière : Mais non, les pauvres !

François : Ah ben oui, les pauvres !

Vernard de la Billardière : Ben oui ! Donc on va créer une application de rencontre pour pauvres !

François : Juste pour les pauvres ?

Vernard de la Billardière : Ouais. Des applications de rencontres spécialisées, il y en a pour tout. Pour les vieux, pour les gros, il y en a même pour les végans…

François : Non, tu déconnes ?

Vernard de la Billardière : Ah, si, si, je t'assure ! Même les végans ont leur application de rencontre ! Alors pourquoi pas une, juste pour les pauvres, hein ?

François : Ah ben oui, vu comme ça…

Vernard de la Billardière : Hé oui ! Grâce à nous et à notre application, ils vont pouvoir continuer à nous faire tout plein de bébés pauvres. Et l'autre couillon de Mourillon, il l'aura dans l'os. Il ne pourra jamais trouver assez de boulot pour tout le monde.

François : Et tu crois que ça peut être rentable, ça ?

Vernard de la Billardière : Mais oui, on touchera sur les deux tableaux. D'un côté, l'appli, qui sera payante, bien sûr et de l'autre, la remise sur les impôts !

François : Tu penses à tout.

Vernard de la Billardière : Ouais, je sais. Tu sens ?

François : Quoi ?

Vernard de la Billardière : L'odeur de l'argent. Ça sent bon le pognon tout ça. Allez vient dans mon bureau qu'on en discute.

NOIR

SCÈNE 8

Même décor, quelques jours plus tard.
Émilie est avachie sur le canapé, complètement hypnotisée par l'écran de son téléphone.
Vernard de la Billardière rentre du travail.

Vernard de la Billardière : *(À la cantonade)* C'est moi ! Je suis rentré !

Émilie : Et alors ? Tu veux pas qu'on prévienne le JT de 20H00 non plus ?

Vernard de la Billardière : Ah, tu es là !

Émilie : Ouais, mais tu peux faire comme si je n'y étais pas.

Vernard de la Billardière : Ça va ma chérie ? Pas trop stressée par les études ?

Émilie : Très drôle !

Vernard de la Billardière : Oui, je suis particulièrement de bonne humeur ce soir.

Émilie : OK ! J'me casse !

Vernard de la Billardière : Tu ne veux pas savoir pourquoi ?

Émilie : Si tu me le dis, je vais certainement vomir. Alors, non, je n'ai pas envie de le savoir.

Vernard de la Billardière : Tu as tort. Parce que toi qui passes ton temps sur ton portable, je suis sûr que ça t'aurait intéressée, finalement.

Émilie : Tu sais quoi ?

Vernard de la Billardière : Je t'écoute.

Émilie : J'en ai rien à foutre.

Vernard de la Billardière : Ne te fatigue pas, tu n'arriveras pas à m'énerver cette fois. J'ai trouvé le moyen de me faire un maximum de blé avec cette histoire de pauvres et c'est pas une petite jeunette dans ton genre qui pourra me gâcher mon plaisir.

Émilie : Mais tu te rends compte de ce que tu fais ?

Vernard de la Billardière : Du business ! Je fais du business !

Émilie : Les négriers aussi faisaient du business !

Vernard de la Billardière : Ça veut dire quoi, ça ?

Émilie : Tu le sais très bien ou alors c'est que t'es con !

Vernard de la Billardière : Dis donc ! Fais un peu attention à ce que tu dis ! Tu me compares à un négrier ?

Émilie : Ah, ben t'es pas si con, finalement, tu as très bien compris tout seul !

Vernard de la Billardière : Attention Émilie, attention ! Ne pousse pas le bouchon trop loin.

Émilie : Ah parce que tu trouves que je pousse le bouchon ?

Vernard de la Billardière : Oui, un peu, oui.

Émilie : Eh bien, il faut croire que je tiens ça de mon père.

Vernard de la Billardière : Bon, je crois que je n'arriverai jamais à tirer quelque chose de bien de toi ! Où sont Kévin et ta mère ?

Émilie : Maman est dans la chambre. Je ne sais pas ce qu'elle fait.

Vernard de la Billardière : Elle doit certainement être encore en train de déballer des trucs qu'elle a achetés.

Émilie : Et Kévin est sorti chercher le journal, il a dit.

Entrée de Kévin, un journal à la main.

Émilie : Ah ben tiens, justement, quand on parle du loup !

Kévin : Bonjour. Vous parliez de moi ?

Émilie : Oui

Vernard de la Billardière : Bonjour Kévin. Comment ça va ?

Kévin : Très bien, merci, et vous ?

Vernard de la Billardière : Très très bien. J'ai une surprise pour toi !

Kévin : Écoutez, si c'est un collier, je vous assure, ce n'est pas la peine.

Émilie : C'est quoi cette histoire de collier ?

Vernard de la Billardière : *(À Émilie)* Rien, ça ne te regarde pas. *(À Kévin)* Non, c'est autre chose. Je suis sûr que tu vas adorer ! *(À Émilie)* Et toi, va dire à ta mère que je suis rentré.

Émilie : Sérieux ?

Vernard de la Billardière : Oui, je suis sérieux. Allez, dépêche-toi !

Émilie : Oui Bwana ! Moi chécher mitresse pou toi ! Ça va comme ça ?

Émilie sort.

Kévin : Quel caractère, hein !

Vernard de la Billardière : Faites des gosses !

Kévin : Non, je vais attendre encore un petit peu avant.

Vernard de la Billardière : Oh tu sais, parfois, ça arrive plus tôt qu'on le pense, sans qu'on s'y attende, hein ?

Kévin : Heu... oui mais non. De toute façon, je n'ai pas de copine alors...

Vernard de la Billardière : On verra !

Kévin : On verra quoi ?

Vernard de la Billardière : Ah, je te sens curieux et intéressé, tout d'un coup ! *(Pour lui, visiblement satisfait)* Je le savais, je le savais, ça va marcher !

Kévin : De quoi vous parlez ?

Vernard de la Billardière : Chaque chose en son temps.

SCÈNE 9

Entrée de Malika.
Vernard s'assied sur le canapé tandis que Kévin s'installe dans son panier pour lire un magazine.

Malika : Coucou mon chéri.

Vernard de la Billardière : Ah, Malika !

Malika : Émilie m'a dit que tu voulais me voir ?

Vernard de la Billardière : Oui. Tiens, sers-nous un verre et viens t'asseoir à côté de moi.

Malika : *(En s'exécutant)* Ta journée s'est bien passée, on dirait.

Vernard de la Billardière : *(Sortant son smartphone de sa poche)* Très bien passée même ! *(Prenant le verre que le tend sa femme)* Merci. Ça a été une très bonne journée.

Malika : Tu as l'air de bonne humeur.

Vernard de la Billardière : Il y a de quoi ! Je sens que je vais me faire des couilles en or avec ma dernière idée.

Malika : *(S'asseyant à côté de lui)* Qu'est-ce que c'est ?

Vernard de la Billardière : Une nouvelle application pour smartphone. On vient de la créer avec François.

Malika : Il est doué quand même ton ami.

Vernard de la Billardière : Ouais enfin, c'est moi qui ai eu toutes les idées. Lui, il n'a fait que de les mettre en pratique. Sans moi, il n'aurait rien fait !

Malika : Tu es le meilleur, mon chéri.

Vernard de la Billardière : Je sais. Regarde, tu vas voir, c'est génial.

Malika : Ça sert à quoi ?

Vernard de la Billardière : Tu vas voir, tu vas voir. *(À Kévin)* Kévin ?

Kévin : Oui ?

Vernard de la Billardière : Approche. Viens ici. *(Kévin vient se placer, debout à côté de Vernard)* Heu… Kévin ?

Kévin : Oui monsieur ?

Vernard de la Billardière : Je suis assis, là.

Kévin : Oui monsieur.

Vernard de la Billardière : Et tu es debout.

Kévin : Oui monsieur.

Vernard de la Billardière : Oui, monsieur. Oui monsieur. *(À Malika)* Non mais regarde-moi ça. C'est vraiment bête un pauvre. Faut tout leur dire. *(À Kévin)* Assieds-toi.

Kévin : Vraiment ? Je peux ?

Vernard de la Billardière : Ben oui, puisque je te le dis.

Kévin : Merci monsieur.

Kévin s'assied sur le canapé, à côté de Vernard.

Vernard de la Billardière : Ben, qu'est-ce que tu fais ?

Kévin : J'ai fait ce que vous m'aviez demandé, monsieur, je me suis assis.

Vernard de la Billardière : Mais pas là imbécile !

Kévin : Ha non ?

Vernard de la Billardière : Pas sur mon canapé, quand même !

Kévin : C'est vous qui m'avez demandé de m'asseoir.

Vernard de la Billardière : Oui, mais pas sur le canapé ! J'ai pas dit sur le canapé ! Si ?

Kévin : Non, effectivement !

Vernard de la Billardière : Voilà ! Alors quand je te dis de t'asseoir, tu t'assoies, c'est tout.

Kévin : Par terre ?

Vernard de la Billardière : Ben oui par terre. Tu ne veux quand même pas que j'aille te chercher une chaise, non ? Bon, assez discuté, assieds-toi et revenons à ce que je voulais te dire. Voilà, c'est ça, C'est bien comme ça. C'est mieux. C'est un bon pauvre, ça. On n'est pas bien là ?

Kévin : Si.

Vernard de la Billardière : *(À Malika)* Bon je t'explique mon idée. Tu sais que lorsque l'on adopte un pauvre, son pedigree est très important pour calculer le taux d'abattement auquel on a le droit sur les impôts.

Malika : Ah bon ?

Vernard de la Billardière : Ah bon ? Ah bon ? Décidément, je ne suis pas aidé dans cette maison, moi ! Toi, tu n'es jamais au courant de rien, tu ne sais rien.

Malika : Non, mais tu sais pour moi.

Vernard de la Billardière : C'est vrai. Bref, pour en revenir à mon idée. Je me suis dit que le meilleur moyen d'avoir un pauvre de première catégorie, disons-le clairement, un pauvre de race pure, c'est d'être sûr de ses origines. Un pauvre issu d'une famille de pauvres nous permet d'avoir un meilleur abattement. Il faut donc que les pauvres se reproduisent entre eux. Et c'est là que j'ai eu une idée. J'ai créé une application qui permet aux propriétaires de pauvres de les faire se rencontrer afin qu'ils puissent se reproduire entre eux ?

Malika : Les propriétaires de pauvres ?

Vernard de la Billardière : Mais non les pauvres ! Qu'est-ce que tu peux être bête, toi aussi, ma pauvre fille, c'est pas possible !

Malika : Ah ben oui, les pauvres, c'est logique.

Vernard de la Billardière : Ben oui.

Malika : C'est vraiment une très bonne idée alors.

Vernard de la Billardière : N'est-ce pas ?

Malika : Complètement. Je suis admirative. C'est pour ça que je t'ai épousé. Tu as toujours été le meilleur.

Vernard de la Billardière : C'est vrai ?

Malika : Je t'aime.

Vernard de la Billardière : Embrasse-moi.

Ils s'embrassent.

Kévin : Qu'est-ce que je viens faire là-dedans, moi ?

Vernard de la Billardière : Quoi ?

Kévin : Vous m'avez demandé de m'approcher, c'est quand même pas pour vous voir vous galocher de près ? Si ?

Vernard de la Billardière : Non mais dis donc, ça suffit oui ! Qu'est-ce que ça veut dire ?

Kévin : Non, c'est juste que…

Vernard de la Billardière : N'oublie pas à qui tu parles, hein ? Parce que si tu n'es pas content, je te remets à la rue, moi. Des pauvres qui veulent prendre ta place, c'est pas ce qui manque !

Kévin : Pardon, je suis désolé.

Malika : Ne t'énerve pas mon chéri. Ce n'est pas bon pour ta tension.

Vernard de la Billardière : Oui, tu as raison.

Malika : Explique-moi plutôt cette belle application.

Vernard de la Billardière : Alors voilà. Tu la lances, comme ça, voilà. Et là, ça te demande de décrire ton pauvre. Alors nom ?

Un temps. Vernard et Kévin se regardent.

Kévin : Ah, c'est mon nom que vous voulez ?

Vernard de la Billardière : Ben oui parce que le mien je le connais.

Kévin : Martin.

Vernard de la Billardière : Martin ?

Kévin : Oui, comme le prénom.

Vernard de la Billardière : Sérieusement ?

Kévin : Oui.

Vernard de la Billardière : Tu t'appelles Kévin Martin ?

Kévin : Ben oui.

Vernard de la Billardière : Eh ben ! Comme quoi, il n'y a pas de mystère… Enfin, je me comprends.

Kévin : Pas moi.

Vernard de la Billardière : Ça ne m'étonne pas.

Malika : Moi non plus.

Vernard de la Billardière : Ça ne m'étonne pas non plus. C'est bon, on peut continuer ?

Malika : Oui, oui, oui. Vas-y.

Vernard de la Billardière : Alors prénom ? Kévin. On est d'accord ?

Kévin : D'accord.

Vernard de la Billardière : Sexe ?

Kévin : Non, pas trop en ce moment.

Vernard de la Billardière : Masculin ! Masculin, le sexe ! Tu es de sexe masculin ! Non ?

Kévin : Oui, oui, bien sûr ! Masculin.

Vernard de la Billardière : Voilà ! Âge ?

Kévin : 26.

Malika : C'est tout ?

Kévin : Oui pourquoi ?

Malika : Je vous aurais donné plus. Vous avez l'air tellement… mature. Tellement…

Vernard de la Billardière : Pauvre !

Malika : Aussi.

Vernard de la Billardière : Et c'est quand même ça le plus important, non ?

Kévin : Heu… oui.

Vernard de la Billardière : Et puis un pauvre ça vieillit plus vite, c'est bien connu.

Malika : Ah bon ? C'est pour ça ? Tu en sais des choses !

Vernard de la Billardière : On peut continuer ?

Malika : Oui, pardon, je t'en prie, vas-y.

Vernard de la Billardière : Profession ?

Kévin : Pour le moment, je suis au chômage mais…

Vernard de la Billardière : Ah, c'est très bien, ça, le chômage.

Kévin : Ah bon ?

Vernard de la Billardière : Mais oui. Un pauvre au chômage, c'est parfait.

Kévin : Si vous le dites.

Malika : Tu es sûr que c'est bien le chômage. Parce que moi, c'est pas ce que j'ai entendu dire.

Vernard de la Billardière : Mais bien sûr que je suis sûr ! Comprenez-moi bien tous les deux. Plus la situation du pauvre est précaire, plus il est financièrement intéressant pour son propriétaire. Et donc, plus il a de chances de trouver une bonne reproductrice car leur future progéniture sera très recherchée sur le marché.

Kévin : Ah bon ?

Vernard de la Billardière : Ben oui, c'est une règle économique de base. La loi du marché.

Kévin : Et donc, si je comprends bien, si mes parents eux-mêmes étaient pauvres, ça augmenterait encore plus ma valeur ?

Vernard de la Billardière : Absolument !

Kévin : *(Pensif)* Ah d'accord. *(Se reprenant)* Bon, ben, s'il le faut…

Vernard de la Billardière : Pourquoi ? *(Excité)* Non, ne me dis pas que…

Malika : Que ? Je ne comprends rien.

Vernard de la Billardière : C'est le contraire qui serait surprenant ma chérie. *(À Kévin)* Tes parents sont pauvres ?

Kévin : Si ça peut aider.

Vernard de la Billardière : Si ça peut aider ? Si ça peut aider ? Mais bien sûr que ça aide.

Kévin : Hé bien dans ce cas-là… Alors, qu'est-ce que vous voulez savoir sur mes parents ?

Vernard de la Billardière : Ton père, c'est quoi son boulot ?

Kévin : Plus grand-chose.

Vernard de la Billardière : *(Ravi)* Il est au chômage lui aussi ?

Kévin : Non.

Vernard de la Billardière : *(Déçu)* Tant pis !

Kévin : Il est mort.

Malika : Oh je suis désolée.

Kévin : Il ne faut pas.

Malika : C'est triste quand même.

Vernard de la Billardière : Oui, bon, c'est triste, peut-être, mais on s'en fout. Et puis de toute façon, ce n'est pas le sujet, n'est-ce pas ?

Kévin : Hé non.

Vernard de la Billardière : Voilà ! Alors, c'était quoi son travail ?

Kévin : Ben… chômeur.

Vernard de la Billardière : *(Ravi)* Non ?

Kévin : Ah si, si. Pendant plusieurs années même.

Vernard de la Billardière : J'avais raison ! Ah c'est bien, ça. Chômeurs de père en fils ! Mais c'est super ça !

Kévin : N'est-ce pas ? Ça vous plaît ?

Vernard de la Billardière : Beaucoup !

Kévin : Et en plus, papa était alcoolique !

Vernard de la Billardière : De mieux en mieux !

Kévin : Ça, je savais que ça vous plairait aussi !

Vernard de la Billardière : Oh oui ! Oh oui ! Oh oui ! Qu'est-ce que je l'aime, moi, ce jeu !

Kévin : Et je ne vous ai pas encore tout dit.

Vernard de la Billardière : *(Excité)* Tu peux encore faire mieux ?

Kévin : Maman, qui était femme au foyer, a dû se prostituer.

Vernard de la Billardière : *(Comme en état de grâce)* Une mère prostituée !

Kévin : Oui. C'est pas de trop ?

Vernard de la Billardière : Non, c'est très bien, c'est très très bien, tout ça. Une mère prostituée !

Kévin : Oui la pauvre, elle a fait ce qu'elle a pu pour pouvoir nous élever. Ah oui, parce que nous étions 9 frères et sœurs.

Malika : Oh, une famille nombreuse ! C'est adorable.

Vernard de la Billardière : Oui mais c'est pas très intéressant comme critère.

Kévin : Et si je vous disais qu'on habitait dans un 2 pièces, sous les toits, même pas isolés. C'est bon ?

Vernard de la Billardière : Oh oui ! Autre chose ?

Kévin : Non, je crois qu'on a fait le tour, là.

Malika : Oh le pauvre !

Vernard de la Billardière : Oui justement, c'est ça qui est bien ! Oh qu'est-ce c'est bien ! Voilà. Alors attention, je valide tous les critères et…

Kévin : Et…

Malika : Et…

Vernard de la Billardière : Ça cherche.

Malika : Ça cherche ?

Kévin : Ça cherche !

Malika : Ça cherche quoi ?

Vernard de la Billardière : Ça matche !

Malika : Ça matche ?

Kévin : Ça matche !

Malika : Ça matche quoi ?

Vernard de la Billardière : Ça matche !

Malika : Mais qu'est-ce que ça veut dire ça, ça matche ?

Vernard de la Billardière : Ça veut dire que dans un rayon de 500 mètres autour d'ici il y a quelqu'un qui a adopté une pauvre qui correspond à notre Kévin. On va pouvoir les faire se rencontrer.

Malika : Oh, je suis contente pour vous Kévin.

Kévin : Merci Madame, mais…

Vernard de la Billardière : Tu réalises un peu tout l'argent qu'on va pouvoir se faire ? L'application est à 5 euros et se vend comme des petits pains. J'aurais peut-être dû la mettre plus chère ! Et pour pouvoir consulter les résultats des recherches, il faut un abonnement à 25 euros par mois. On va se faire des couilles en or, je te dis ! Sans compter qu'on va pouvoir monnayer la saillie !

Kévin : La… quoi ?

Vernard de la Billardière : La saillie ! Tu ne sais pas ce que ça veut dire ?

Kévin : Non, mais vous êtes sérieux ?

Vernard de la Billardière : Je t'ai trouvé une femelle pour que tu puisses te reproduire ! C'est pas beau ça ? Qu'est-ce que t'en dis ?

Kévin : Vous voulez vraiment que je... que je m'accouple avec une femme que je ne connais pas ?

Vernard de la Billardière : Le marché est équitable. Je t'offre du bon temps avec une de tes semblables et moi, en contrepartie, je gagne un peu d'argent.

Kévin : C'est-à-dire que je ne comptais pas...

Vernard de la Billardière : Allons, ne sois pas timide.

Kévin : C'est pas ça mais...

Vernard de la Billardière : Il n'y a pas de mais qui tienne. J'envoie un message pour prendre rendez-vous le plus rapidement possible. Et dans neuf petits mois, on aura un nouveau pauvre, tout neuf ! C'est pas génial ça ?

Kévin : Mais...

Vernard de la Billardière : Quoi, mais ?

Kévin : C'est-à-dire que... je n'avais pas prévu d'avoir d'enfants, moi.

Vernard de la Billardière : Quoi ? Qu'est-ce que c'est que cette connerie ? Les pauvres, ça aime avoir des enfants !

Malika : Ah oui ?

Vernard de la Billardière : Mais bien sûr ! Ils en ont toujours plein. Faut dire, ils ne travaillent pas alors ils s'emmerdent et comme ils s'emmerdent, ils font des mômes, pour passer le temps.

Malika : Et ils leurs donnent des prénoms ridicules !

Vernard de la Billardière : Voilà ! Ça y est, t'as compris !

Kévin : Ah oui, vu comme ça, ça se tient ! Finalement, il y a quand même une certaine logique dans ce que vous dites.

Vernard de la Billardière : Merci de le reconnaître. Bon alors, c'est d'accord ?

Kévin : De quoi ?

Vernard de la Billardière : Pour la saillie !

Kévin : Non, je ne préfère pas. Je suis désolé, mais je vais devoir décliner votre proposition.

Vernard de la Billardière : Je ne comprends pas. Je t'offre une femme sur un plateau, t'as rien à faire, ça ne te coûtera rien, pas de fleurs, pas de resto, pas ciné, rien !

Kévin : Ben, déjà, je l'ai pas vue...

Vernard de la Billardière : T'es PD ?

Kévin : Hein ?

Malika : Oh !

Vernard de la Billardière : Eh merde, c'est ma veine ça ! Je suis tombé sur un pauvre, PD !

Malika : On dit homosexuel, mon chéri.

Vernard de la Billardière : Pourquoi, c'est pas la même chose ?

Malika : C'est péjoratif !

Vernard de la Billardière : Ah ouais ? Ben moi ce que je vois c'est que ton... péjoratif, là, il va me faire perdre de l'argent !

Malika : Tu ne peux pas en vouloir à Kévin d'être homosexuel.

Kévin : Je ne le suis pas !

Malika : Quoi ?

Kévin : Je ne suis pas homosexuel ou… péjoratif, si vous préférez.

Vernard de la Billardière : Tu te fous de moi ?

Kévin : Non, je vous assure. Bon, ceci dit, je n'ai rien contre non plus, hein…

Vernard de la Billardière : Ah ! Voilà, il l'assume même pas en plus !

Kévin : Hein ? Mais non ! Je ne suis pas homosexuel, je vous dis. Les femmes me vont très bien.

Vernard de la Billardière : Eh ben alors ?

Kévin : Eh ben alors, ça va peut-être vous paraître cucul mais moi si je fais un enfant, ça sera avec une femme que j'aime, que j'ai choisie et qui m'a choisi. Pas dans ces conditions, là…

Malika : C'est tout à votre honneur, Kévin.

Kévin : Merci madame.

Vernard de la Billardière : Qu'il est con !

Malika : Non, ça prouve juste que, même s'il est pauvre, Kévin a certaines valeurs. C'est très bien Kévin !

Kévin : Merci madame.

Vernard de la Billardière : « Merci madame ». Hé bien moi, je suis curieux de savoir si tes valeurs fonctionneront toujours sous le pont de l'Alma ?

Kévin : Le Pont de l'Alma ?

Vernard de la Billardière : Oui ou le Pont Neuf ou le Pont… Enfin sous n'importe quel pont. Parce que c'est là où tu vas finir si tu continues à me contrarier comme ça. Et tu ne voudrais pas me contrarier, si ?

Kévin : Non monsieur.

Vernard de la Billardière : Non parce que j'ai déjà ma femme qui fait ça très bien…

Malika : Oh merci, mon chéri.

Vernard de la Billardière : C'était pas un compliment !

Malika : Ah !

Vernard de la Billardière : Alors, je me disais que tu pouvais peut-être revenir sur ta décision, non ?

Kévin : Oui, je peux toujours y réfléchir.

Vernard de la Billardière : C'est ça, réfléchis, mais réfléchis vite ! Parce que là vois-tu, je suis en train de composer le numéro de Bercy pour dire que j'abandonne.

Malika : T'abandonnes quoi ?

Vernard de la Billardière : Le projet de parrainage solidaire ! Et qu'est-ce qui va se passer ensuite ?

Malika : Je ne sais pas.

Vernard de la Billardière : Eh bien notre jeune ami, ici présent, va devoir nous quitter. Tu ne veux pas nous quitter, n'est-ce pas ?

Kévin : Pas dans l'immédiat, non.

Vernard de la Billardière : D'autant que tu n'y as pas pensé, mais peut-être que la femme que je t'ai trouvé te plaira vraiment. Qui sait ?

Malika : Mais oui, c'est vrai Kévin. Mon mari a raison. Vous allez peut-être trouver la femme de votre vie.

Vernard de la Billardière : Et nous faire tout plein de beaux bébés.

Kévin : Chouette !

NOIR

SCÈNE 10

Même décor, quelques jours plus tard.
Kévin est assis sur le canapé, complètement hypnotisée par l'écran de son téléphone.
Émilie entre.

Émilie : Salut !

Kévin : *(Sursautant)* Ah ! *(Se levant)* Ah, c'est toi ! Salut !

Émilie : Je t'ai fait peur ?

Kévin : Hein ? Non, non. Je ne t'ai pas entendu arriver, c'est tout.

Émilie : Tu peux t'asseoir, tu sais. Moi j'en ai rien à foutre que tu utilises le canapé. Au contraire.

Kévin : *(S'asseyant)* Oui, je me doute.

Émilie : Tu fais quoi ?

Kévin : Je regarde l'application de ton père.

Émilie : Sérieux ?

Kévin : Ben oui.

Émilie : Tu te rends compte que si tu utilises ce truc-là, ça veut dire que tu cautionnes ?

Kévin : Non, ça veut juste dire que je veux comprendre comment ça fonctionne.

Émilie : *(Le rejoignant sur le canapé)* Pourquoi ? Ça t'intéresse finalement ?

Kévin : C'est toujours plus facile de jouer quand on connaît toutes les règles du jeu.

Émilie : Quel jeu ?

Kévin : Je ne peux pas tout t'expliquer, mais tu comprendras quand le moment sera venu.

Émilie : T'es bien mystérieux.

Kévin : Non mais… disons que…

Émilie : Que… ?

Kévin : Par exemple, toi…

Émilie : Oui ?

Kévin : Je ne me trompe pas si je dis que tu n'apprécies pas trop ton père, non ?

Émilie : Si.

Kévin : Quoi ?

Émilie : Ce n'est pas que je ne l'apprécie pas, c'est que je le déteste. C'est un connard.

Kévin : C'est beau l'amour entre une fille et son père.

Émilie : T'as vu ça, un peu ?

Kévin : Bon, tu le détestes, OK, Et j'ai remarqué que tu faisais tout pour ne pas le croiser.

Émilie : Oui. Et alors ?

Kévin : Et que si jamais tu le croisais, tu prenais un malin plaisir à faire en sorte de l'énerver.

Émilie : Oui enfin, ça, c'est pas compliqué.

Kévin : C'est pas compliqué parce que tu le connais. Tu sais ce qui l'énerve.

Émilie : Oui.

Kévin : Tu connais les règles du jeu…

Émilie : Attends… tu veux dire que toi, là, tu apprends à te servir de son appli pour pouvoir y échapper, finalement ?

Kévin : Écoute, moi, tout ce que je veux, c'est être tranquille et ne pas avoir d'ennui. Alors, je me débrouille comme je peux…

Émilie : Je comprends.

Kévin : Ah oui ?

Émilie : Je pense que je ferais la même chose à ta place. D'ailleurs, c'est quoi le nom de l'appli ?

Kévin : Adopte un pauvre.com, pourquoi ?

Émilie : On ne sait jamais. J'ai croisé un type, un jour, qui m'a dit qu'il valait mieux bien connaître les règles avant de jouer à un jeu.

Kévin : Ah oui ?

Émilie : Oui.

Kévin : Ça devait être un type bien !

Émilie : Oui, c'est ce que je me dis de plus en plus.

Kévin : Mais du coup, j'ai une question, pourquoi tu veux connaître ces règles-là ?

Émilie : On ne sait jamais. Histoire de ne pas être prise au dépourvu, au cas où !

Kévin : Au cas où, quoi ?

Émilie : Je ne peux pas tout t'expliquer, mais tu comprendras quand le moment sera venu.

NOIR

SCÈNE 11

Même décor, quelques jours plus tard.
Kévin est assis dans son panier. Il lit un journal.
Vernard de la Billardière est assis sur le canapé, il travail sur son ordinateur portable.

Vernard de la Billardière : Kévin ?

Kévin : Oui monsieur ?

Vernard de la Billardière : Tu fais quoi ?

Kévin : Je lis le journal.

Vernard de la Billardière : Quoi ? Ça ? Média-Infos, un journal ?

Kévin : Ben oui !

Vernard de la Billardière : Franchement, il y a d'autres choses à lire que ces bobards. Enfin, ça m'étonne pas de toi, il n'y a que les pauvres pour croire à ces conneries !

Kévin : Ben quoi ? Moi, j'aime bien. C'est un journal d'investigations et…

Vernard de la Billardière : Moi j'appelle ça des fouille-merde !

Kévin : Heureusement qu'ils sont là pour dénoncer certains abus.

Vernard de la Billardière : Ils dénoncent que ce qui les arrange, oui ! Tu as des actions ou quoi ?

Kévin : Hein ? Non c'est juste que vous m'avez demandé…

Vernard de la Billardière : Ouais, on s'en fout ! Viens voir ici.

Kévin : Oui monsieur ?

Vernard de la Billardière : Tu n'es pas handicapé ?

Kévin : Pardon ?

Vernard de la Billardière : Tu n'aurais pas un handicap quelconque, que tu m'aurais caché ?

Kévin : Heu... non, pas que je sache.

Vernard de la Billardière : T'es sûr ?

Kévin : Ben oui. Pourquoi ?

Vernard de la Billardière : Hé merde !

Kévin : Vous pouvez m'expliquer ?

Vernard de la Billardière : Mourillon vient de proposer d'enrichir la loi sur le parrainage solidaire. Si le pauvre est handicapé, le taux de défiscalisation augmente.

Kévin : Ah oui, je comprends.

Vernard de la Billardière : Tu comprends quoi ?

Kévin : Votre déception. Vous auriez préféré que je le sois !

Vernard de la Billardière : Oui.

Kévin : Désolé de vous décevoir mais pour le moment tout va bien !

Vernard de la Billardière : Mouais.

Kévin : C'est tout ?

Vernard de la Billardière : Hum ?

Kévin : Je peux retourner à ma place ?

Vernard de la Billardière : Ben oui. Là, tu me sers à rien.

Kévin retourne à son panier.

Vernard de la Billardière : Attends !

Kévin : Oui ?

Vernard de la Billardière : Répète-moi ce que tu viens de dire ?

Kévin : Je peux retourner à ma place ?

Vernard de la Billardière : Non, avant !

Kévin : Avant ?

Vernard de la Billardière : Oui quand je t'ai dit que j'aurais préféré que tu sois handicapé.

Kévin : Ah ! Heu… qu'est-ce que j'ai dit déjà ? Heu… Ha oui, j'ai dit que j'étais désolé mais que je n'avais aucun handicap.

Vernard de la Billardière : Et tu as ajouté : pour le moment !

Kévin : C'est possible.

Vernard de la Billardière : Est-ce que tu le penses vraiment ?

Kévin : Quoi ?

Vernard de la Billardière : Pour le moment !

Kévin : Je ne comprends pas ?

Vernard de la Billardière : Si tu dis pour le moment, c'est que tu envisages d'en avoir un plus tard, non ?

Kévin : Oui… enfin, non… je veux dire j'en sais rien. Ça peut arriver. Dans la vie, on ne sait pas ce que l'avenir nous réserve.

Vernard de la Billardière : Je suis totalement d'accord avec toi. Du coup, on peut peut-être s'arranger, non ?

Kévin : Comment ça, s'arranger ?

Vernard de la Billardière : Imaginons qu'il t'arrive un accident...

Kévin : Un accident ? Quel accident ?

Vernard de la Billardière : J'en sais rien, on s'en fout. On verra plus tard. Mais imaginons qu'il t'arrive un accident et que tu en sortes handicapé. Toi, tu toucherais une pension d'invalidité et moi j'aurais un meilleur taux de défiscalisation ! C'est gagnant-gagnant cette histoire. Qu'est-ce que t'en dis ?

Kévin : Vous voulez qu'on mette en scène un faux accident et que je joue à l'handicapé ?

Vernard de la Billardière : Non ! Ça va pas la tête ? Pour qui me prends-tu ? Je suis quelqu'un d'honnête, moi ! Je ne triche pas !

Kévin : Alors je ne comprends pas où vous voulez en venir.

Vernard de la Billardière : On provoque un vrai accident qui te laisse vraiment handicapé.

Kévin : Quoi ?

Vernard de la Billardière : Oh pas un truc super grave, hein ! On n'est pas des sauvages. Mais imaginons, je sais pas moi, que je sois en train d'ouvrir mon courrier avec un coupe-papier, par exemple, et que toi, tu passes à côté de moi, comme ça, par hasard... et que tu glisses... et que tu t'enfonces mon coupe-papier dans l'œil ! Qu'est-ce que tu en dis ?

Kévin : J'en dis que ça doit faire mal !

Vernard de la Billardière : Oui, évidemment, sur le moment, je reconnais que ça ne doit pas être agréable.

Kévin : Pas agréable du tout, même !

Vernard de la Billardière : Mais enfin, on ne va pas s'arrêter à ça !

Kévin : Ben si !

Vernard de la Billardière : Non mais, ça fait mal sur le coup mais ça va pas durer. D'autant que je serais à côté pour appeler les secours.

Kévin : Ôtez-moi d'un doute, vous n'êtes pas sérieux, c'est une blague ?

Vernard de la Billardière : On peut même les appeler un peu avant si tu veux. Histoire qu'ils soient là encore plus rapidement. Alors qu'est-ce que tu en dis ?

Kévin : J'en dis…

Vernard de la Billardière : Oui ?

Kévin : J'en dis…

Vernard de la Billardière : Oui ?

Kévin : Non !

Vernard de la Billardière : Ah, zut alors !

Kévin : Faut me comprendre aussi.

Vernard de la Billardière : Oui, oui. Enfin, ce que je comprends surtout c'est que moi, je me plie en quatre pour t'accueillir. Je te propose un toit. Gratuitement ! Faut pas l'oublier ça. Tu ne payes rien pour le logement !

Kévin : Oui je sais !

Vernard de la Billardière : Et dès que je te demande un petit service, toi, tu refuses !

Kévin : Un petit service ? Vous appeler ça un petit service ?

Vernard de la Billardière : Oui, un petit service.

Kévin : Vous êtes marrant vous !

Vernard de la Billardière : C'est non ?

Kévin : C'est non !

Vernard de la Billardière : T'es sûr ?

Kévin : Certain.

Vernard de la Billardière : Tu ne veux pas y réfléchir ?

Kévin : C'est tout réfléchi !

Vernard de la Billardière : Bon ! J'en prends note. Tant pis !

Kévin : Je peux y aller ?

Vernard de la Billardière : Oui, oui ! Vas-y ! Je n'ai plus besoin de toi.

NOIR

SCÈNE 12

Même décor, plus tard.
Émilie est avachie sur le canapé, complètement hypnotisée par l'écran de son téléphone.
On sonne à la porte. La jeune fille ne bouge pas.
Nouvelle sonnerie. Toujours aucune réaction de la jeune fille.
Troisième sonnerie.

Émilie : C'est pas vrai ! *(Elle se lève et va ouvrir. François entre)*

François : Bonjour Émilie.

Émilie : B'jour.

François : Alors, comment ça va les… *(François s'interrompt tout seul)*

Émilie : Quoi ?

François : Non, rien, mais d'habitude tu…

Émilie : Je ?

François : Laisse tomber. Qu'est-ce que tu faisais ?

Émilie : Je regardais votre application, là, « adopte un pauvre.com »

François : Alors ?

Émilie : C'est de la merde ! Je trouve ça dégueulasse !

François : Je suis assez d'accord avec toi.

Émilie : Ah ouais ? Eh ben pourquoi vous l'avez faite alors ?

François : Parce que si j'avais refusé, ton père l'aurait faite faire par quelqu'un d'autre. Et moi au moins, je peux essayer de le canaliser. Crois-moi, sans moi, ça aurait été pire !

Émilie : Ah oui ? Vous ne voulez pas être canonisé, non plus ?

François : Non. Je n'ai pas dit ça.

Le téléphone d'Émilie émet une notification. La jeune fille jette un œil à son appareil.

Émilie : Ah, je suis désolée je vais devoir y aller. Mes amis m'attendent !

François : Il n'y a pas de souci. Je suis venu voir ton père.

Émilie : Il n'est pas là.

François : Ah bon ? Et ta mère ?

Émilie : Elle est là.

François : Ah, très bien. Heu… je… je lui ai apporté un petit cadeau.

François montre le cadeau.

Émilie : C'est bien.

François : C'est une lithographie de Benjamin Lacombe. Je sais qu'elle aime bien cet illustrateur alors je me suis dit…

Émilie : Oui, ben vous n'avez qu'à lui dire ça directement ! Moi je file !

Émilie sort.

François : D'accord… Malika ! Malika ! C'est moi, mon petit cœur !

Entrée de Kévin qui revient de la terrasse.

François : Ah vous êtes là, vous !

Kévin : Ben… comme j'habite là. Enfin, je suis logé ici.

François : J'appelais Malika, enfin madame de la Billardière…

Kévin : J'avais compris.

François : Je disais, Malika, ça va être l'heure !

Kévin : Ah ?

François : Oui.

Kévin : L'heure de quoi ?

François : L'heure de… l'heure de…

Kévin : L'heure de ?

François : De notre rendez-vous. Oui parce que vous comprenez, je ne suis pas là par hasard. Je suis venu parce que Malika, enfin, madame de la Billardière m'a donné rendez-vous. Mais je ne sais pas pourquoi. Ça va être la surprise. *(Montrant le cadeau qu'il a en mains)* Et d'ailleurs, moi aussi, j'ai une surprise pour elle.

Kévin : Pourquoi vous m'expliquez tout ça ?

François : Parce que je me disais que, peut-être, vous aviez mal entendu quand je l'appelais. Et comme je ne voudrais pas qu'il y ait de confusion.

Kévin : Je n'ai rien entendu.

François : Ah !

Kévin : J'étais sur la terrasse.

François : Ah !

Kévin : J'adore la vue qu'on a sur le Champ-de-Mars d'ici.

François : Oui, c'est… c'est très beau, le… le Champ-de-Mars.

Kévin : Et j'avais fermé la porte-fenêtre pour éviter les courants d'air.

François : Et ?

Kévin : Et c'est tout. C'est pour ça que je ne vous ai pas entendu.

François : Ah ! Oui ! D'accord. Tant mieux ! Tant mieux !

Kévin : Tant mieux ?

François : Oui… non. Enfin, je veux dire… C'est… C'est compliqué, hein ?

Kévin : On dirait.

François : C'est… *(il cherche une excuse)* Heu… Bon, Kévin, il faut que je vous fasse un aveu.

Kévin : Je vous écoute.

François : C'est gênant.

Kévin : À ce point ?

François : Je vous demande de ne le répéter à personne.

Kévin : D'accord.

François : Vous me le promettez ?

Kévin : Je vous le promets.

François : Bien… En fait, j'ai cru que vous n'étiez pas là et je m'apprêtais à essayer votre panier.

Kévin : Quoi ?

François : Oui, je sais, je sais, ça doit vous paraître bizarre, mais je suis curieux et votre panier, là, il m'attire. Il a l'air si douillet, si confortable.

Kévin : Allez-y, je vous en prie.

François : Comment ?

Kévin : Il n'y a pas de souci, vous pouvez l'essayer, si ça vous fait plaisir.

François : Je ne voudrais pas abuser.

Kévin : Puisque c'est moi qui vous le propose.

François : Devant vous, je n'ose pas.

Kévin : Allez, ne soyez pas timide. De toute façon il faut que je parte, j'ai un rendez-vous qui m'attend.

François : Bon.

Kévin : Par contre, si vous pouviez ôter vos chaussures…

François : Oui, bien sûr, bien sûr…

Kévin : Alors ?

François : Ah oui, c'est exactement comme je me l'imaginais.

Kévin : Bon, je vous laisse savourer ce moment. Je dois y aller. Au revoir.

François : Oui, au revoir, au revoir ! Et merci !

Kévin sort.

François : Pfuuu, c'était moins une !

Entrée de Malika.

Malika : François ?

François : Ah Malika !

Malika : Bonjour François.

François : Bonjour Malika.

Malika : Mais qu'est-ce que vous faites dans le panier de Kévin ?

François : C'est une longue histoire. Écoute mon petit cœur…

Malika : Chut ! Tu es fou, Kévin est là !

François : Non. Il est sorti.

Malika : Ah bon ?

François : Oui, je l'ai croisé. Il m'a dit qu'il avait un rendez-vous. Nous sommes seuls, mon amour. *(Lui tendant le cadeau)* Tiens, c'est pour toi !

Malika : Qu'est-ce que c'est ?

François : Un petit cadeau. Je pense que ça va te faire plaisir.

Malika déballe le cadeau et découvre la lithographie.

Malika : Oh, c'est gentil.

François : Ça te plaît ?

Malika : Beaucoup. Merci. Je vais l'accrocher là. Je crois qu'il y a un marteau dans le tiroir

Malika se saisit d'un marteau effectivement rangé dans le tiroir indiqué. Elle se retourne et regarde François. Elle a du mal à contenir un fou rire

François : Qu'est-ce qui te fait rire ?

Malika : Toi. Comment veux-tu que je te prenne au sérieux alors que tu es en chaussettes dans ce panier ? Et d'ailleurs, qu'est-ce que tu fais là-dedans ?

François : C'est pour toi que je suis là.

Malika : Dans le panier ?

François : Heu… oui. Tu sais que je l'envie ton Kévin ?

Malika : Alors, tout d'abord, ce n'est pas « mon » Kévin et ensuite il n'y a vraiment pas de quoi l'envier, tu sais !

François : Oh si ! Chaque soir, il est là, couché à tes pieds tandis que tu regardes la télé ou que tu lis un bon roman.

Malika : Ou les papiers de mon avocat.

François : Ton avocat ?

Malika : J'ai décidé de reprendre ma vie en main.

François : Tu vas demander le divorce ?

Malika : Disons que je vais commencer par me séparer professionnellement de Vernard.

François : Comment ça ?

Malika : Tu sais que la société qu'il dirige était à mes parents ?

François : Oui, je m'en souviens.

Malika : Eh bien, ce que tu ne sais pas, c'est que mes parents me l'ont transmise, à moi, leur fille unique.

François : Non ?

Malika : La société m'appartient. Vernard n'en est pas propriétaire, juste le dirigeant.

François : Non ?

Malika : Je dois reconnaître que mon mari a beaucoup de défauts mais c'est un très, très bon dirigeant. Il a multiplié par 7 le chiffre d'affaires. La société est florissante. Ce qui me permet de la revendre et en tirer une belle somme.

François : Tu as vendu la société ?

Malika : Dans 2 semaines, je serai une femme libre.

François : C'est vrai ? Ça veut dire que tu vas enfin être à moi !

Malika : Non, je vais être libre, je te dis.

François : Quoi ?

Malika : Libre de faire ce que je veux, quand je veux et avec qui je veux.

François : Mais… mon petit cœur…

Malika : Soyons sérieux, je ne vais pas quitter Vernard pour me mettre avec toi, François.

François : Vraiment ?

Malika : Mais… nous pourrions passer un peu de temps ensemble…

François : Je ne comprends pas ?

Malika : Je te l'ai dit. À partir d'aujourd'hui, c'est quand je veux, où je veux et avec qui je veux. Et je te veux maintenant.

François : Ah oui ?

Malika : Tu acceptes mes conditions ?

François : Heu, c'est-à-dire, c'est un peu brutal quand même…

Malika : Je ne vais pas attendre, François. C'est oui ou c'est non !

François : C'est oui !

Malika : Déshabille-toi !

François : Ici ?

Malika : Où je veux, je te dis ! Tiens, par exemple, si l'envie me prenait de faire l'amour… je sais pas moi… dans… dans le panier là.

François : Dans le panier ?

Malika : Oui. Et bien, on ferait l'amour dans le panier.

François : Ah bon ?

Malika : Sauf si tu n'as plus envie de moi…

François *(en commençant à se déshabiller)* : Ah si, si, si, si, si !

Malika : Bien, je passe à la salle de bain et je reviens !

François : Fais vite !

Malika : Promis.

Malika sort.

SCÈNE 13

François : *(En se déshabillant)* François mon vieux, ton jour de chance est enfin arrivé ! Dix ans, dix ans que j'attends ce moment. Et alors que je commençais à désespéré… comme quoi, il faut toujours s'accrocher ! C'est vrai que c'est agréable ce truc-là. Oh, j'ai une idée !

Il va se saisir d'un plaid sur le canapé, s'en couvre et retourne dans le panier.

François : Jules César qui attend Cléopâtre !

Il prend la pause.
Arrivée de Vernard de la Billardière.

Vernard de la Billardière : Coucou, c'est moi !

François : Merde !

François se recroqueville dans le panier et se cache tant bien que mal sous le plaid. Il émet de forts bruits de ronflements !

Vernard de la Billardière : C'est quoi ça ? Kévin ? Kévin, c'est toi qui fais tout ce bruit ?

Forts bruits de ronflements.

Vernard de la Billardière : Hé ben ! C'est bien un pauvre ça ! Même quand ça dort, ça n'a pas de classe !

Forts bruits de ronflements.

Vernard de la Billardière : Bon, je vais te laisser te repos..

Vernard s'interrompt, car il vient d'apercevoir le tableau et le marteau que Malika a posé précédemment sur la commode.

Vernard de la Billardière : Qu'est-ce que c'est que ça ?

Forts bruits de ronflements.
Vernard s'approche, se saisit du marteau et regarde dans la direction du panier.

Vernard de la Billardière : Kévin ?

Forts bruits de ronflements.

Vernard de la Billardière : Kévin, tu dors ?

Forts bruits de ronflements.

Vernard de la Billardière : *(En s'approchant du panier où se cache François)* Tu sais Kévin, je t'apprécie énormément.

Forts bruits de ronflements.

Vernard de la Billardière : *(En s'approchant du panier où se cache François)* J'espère que tu comprendras que ça n'a rien de personnel

Forts bruits de ronflements.

Vernard de la Billardière : *(En s'approchant du panier où se cache François)* Mais tu sais ce qu'on dit ? En affaire, il n'y a pas de sentiments !

Vernard donne trois coups de marteau, un peu à l'aveugle, sur François qu'il prend pour Kévin.

SCÈNE 14

François : Argh ! Mon genou !

Vernard de la Billardière : C'est rien, c'est passé, c'est fini. C'est rien !

François : Comment ça c'est rien ?

Vernard de la Billardière : François ?

François : Argh !

Vernard de la Billardière : François, c'est toi ?

François : Tu m'as pété le genou !

Vernard de la Billardière : Qu'est-ce que tu fous là ?

Arrivée de Malika.

Malika : Qu'est-ce qu'il se passe ? Oh, Vernard, tu es déjà rentré !

François : Il m'a pété le genou !

Vernard de la Billardière : Je ne l'ai pas fait exprès !

Malika : Qu'est-ce que tu fais avec ce marteau ?

François : Il m'a pété le genou !

Malika : Oui c'est bon, François, on a compris.

François : J'ai mal !

Malika : Bon alors ? Qu'est-ce que tu faisais avec ce marteau ?

Vernard de la Billardière : C'était pour Kévin.

Malika : Kévin voulait un marteau ?

Vernard de la Billardière : Oui… non. Enfin, c'est compliqué.

François : Argh !

Malika : Mais il n'est pas là Kévin !

Vernard de la Billardière : Oui je vois ça. Où est-il ?

Malika : Il est sorti.

François : Quelqu'un peut m'aider ?

Malika : Oui, pardon. Fais voir ton bobo à Malika.

Vernard de la Billardière : Il est où Kévin ?

François : Ils sont où les secours ?

Malika : Bon, tu peux te calmer, oui !

François : Mais je souffre !

Vernard de la Billardière : Je suis désolé vieux, ce n'est pas toi que je visais.

François : Ça me fait une belle jambe !

Malika : Ah oui, là c'est le cas de le dire ! Tiens, mets ce coussin dessus.

François : Ça va me soulager, tu crois ?

Malika : Non, mais il y a un bout d'os qui dépasse, c'est moche à voir.

François : Hein ? *(Il regarde)* Oh punaise ! *(Il s'évanouit)*. Argh !

Malika : Il est tombé dans les pommes.

Vernard de la Billardière : Ah quand même ! On ne s'entendait plus.

Malika : Il faut lui faire du bouche-à-bouche.

Vernard de la Billardière : T'es sûre ?

Elle s'exécute. François se réveille.

François : Malika ?

Malika : Je suis là.

François : Oh mon petit cœur, je t'aime.

Vernard de la Billardière : Qu'est-ce qu'il vient de dire là ?

Malika : Je ne sais pas. Il divague.

François : Malika je t'ai…

Malika lui assène un coup sur le genou pour le faire taire.

François : Argh !

Malika lui assène un second coup sur le genou. François s'évanouit à nouveau.

Malika : Il est retombé dans les pommes !

Vernard de la Billardière : Qu'est-ce qu'il t'a dit ?

Malika : Hein ? Heu… Il a dit… « j'ai des haut-le-cœur, je saigne ! »

Vernard de la Billardière : Ah !

Malika : Bon, tu vas m'expliquer ce qu'il se passe ?

Vernard de la Billardière : Ben je ne sais pas. Je ne comprends pas. Moi je pensais que c'était Kévin dans le panier, pas François ! Je t'assure.

Malika : Et ?

Vernard de la Billardière : Eh ben… J'ai donné le coup de marteau de bonne foi !

Malika : Mais pourquoi tu voulais donner un coup de marteau à Kévin ?

Vernard de la Billardière : À cause des impôts.

Malika : Quoi ? Les impôts t'ont demandé de donner un coup de marteau à Kévin ?

Vernard de la Billardière : Oui. Enfin, pas exactement. Laisse tomber, tu ne peux pas comprendre !

Malika : À propos de laisser tomber, tu peux lâcher ce marteau s'il te plaît, tu me fais peur.

Vernard de la Billardière : Pourquoi ?

François se réveille.

François : Qu'est-ce qu'il m'arrive ?

Malika : Lâche ce marteau, je te dis ! Tu vas finir par blesser quelqu'un !

François : C'est déjà fait !

Malika : Lâche !

Vernard de la Billardière : D'accord.

Vernard lâche le marteau qui tombe sur la tête de François.

François : Argh !

François s'évanouit une nouvelle fois.

Vernard de la Billardière : Oh pardon !

Malika : Tu vois, je te l'avais dit que tu allais blesser quelqu'un !

Vernard de la Billardière : Vous allez voir que ça va être de ma faute.

Malika : Un peu quand même !

Vernard de la Billardière : Mais c'est toi qui m'as dit de lâcher le marteau.

Malika : Je n'aurais pas eu besoin de te le dire si tu ne l'avais pas eu en mains !

Vernard de la Billardière : Peut-être, mais tout ça ne serait pas arrivé si François n'avait pas été là ! Et puis d'abord, qu'est-ce qu'il foutait là, lui, chez moi, dans le panier de mon pauvre ? Et à moitié nu, en plus !

Malika : On verra ça plus tard. Pour le moment, faut appeler les pompiers.

Vernard de la Billardière : Attends !

Malika : Attends quoi ? On ne va pas laisser François au milieu du salon quand même !

Vernard de la Billardière : Non, tu as raison, aide-moi !

Vernard commence à faire glisser François, toujours sur le panier, en direction des chambres.

Malika : Qu'est-ce que tu fais ?

Vernard de la Billardière : Je fais ce que tu as dit. J'enlève François du salon ! Si Kévin ou ta fille rentre, ça risque de faire tâche !

Malika : Je maintiens qu'on ferait mieux d'appeler les pompiers.

Vernard de la Billardière : Pourquoi faire ?

Malika : Mais parce qu'il souffre !

Vernard de la Billardière : Mais non ! *(En secouant François)* François ! François, réveille-toi !

François : Hein ?

Vernard de la Billardière : Ah François ! Est-ce que tu souffres ?

François : Malika ?

Vernard de la Billardière : Non, c'est moi, Vernard !

François : Je t'aime !

Vernard de la Billardière : Oui heu… moi aussi je t'aime. Il raconte n'importe quoi !

François : Je crois que je vais m'évanouir.

Vernard de la Billardière : Vas-y, ne te gêne pas pour nous.

François fait ce qu'il a dit.

SCÈNE 15

Entrées d'Émilie et Kévin.

Émilie : Ben, qu'est-ce que vous faites debout, à cette heure-ci ?

Kévin : Apparemment, il y a une réunion de famille !

Émilie : Qu'est-ce qu'il se passe ?

Vernard de la Billardière : Rien. Rien du tout. Pourquoi ?

Émilie : Mais qu'est-ce que vous foutez en plein milieu du salon ?

Vernard de la Billardière : Mais rien, je te dis !

Émilie : T'es sûr ?

Vernard de la Billardière : Oui.

Émilie : Maman ? Dis-moi ce qui... *(Elle aperçoit François, au sol)* C'est quoi ça, derrière vous ?

Kévin : On dirait mon panier.

Émilie : Mais... il y a quelqu'un dedans !

Vernard de la Billardière : Hein ? Ah oui !

Émilie : Qui c'est ?

Malika : On dirait François !

Vernard de la Billardière : Non ? Tu crois ?

Malika : Il me semble.

Vernard de la Billardière : Ah oui, c'est lui !

Malika : Oui… enfin, ce qu'il en reste.

Kévin : Qu'est-ce qu'il lui est arrivé ?

Vernard de la Billardière : Il s'est évanoui.

Malika : Oui, mais il nous avait prévenus.

Vernard de la Billardière : C'est vrai. Donc tout va bien.

Kévin : Pourquoi il s'est évanoui ?

Émilie : On dirait qu'il saigne.

Vernard de la Billardière : Ah, ça ! C'est rien, un petit accident. Il est tombé.

Émilie : Sur la tête ?

Vernard de la Billardière : Non, sur le marteau.

Émilie : Hein ?

Kévin : Vous êtes sûrs qu'il n'est pas mort ?

Vernard de la Billardière : Mais non, il n'est pas mort. Ne dis pas de bêtises ! François, t'es mort ? *(Pas de réponse)* Bon là, évidemment il ne dit rien… Mais il n'est pas mort !

Kévin : Il faudrait peut-être appeler les pompiers, non ?

Malika : Ah, tu vois, qu'est-ce que je disais ?

Vernard de la Billardière : On va commencer par l'installer dans un lit. Il sera quand même mieux.

Kévin : Attendez, je vais vous aider.

Kévin et Vernard sortent en glissant le corps de François.

Émilie : Qu'est-ce qu'il s'est passé ?

Malika : Je ne sais pas. J'étais dans la salle de bain. J'ai entendu du bruit. Et quand je suis venu dans le salon, j'ai trouvé François dans le panier et qui saignait.

Émilie : Qu'est-ce qu'il lui est arrivé ?

Malika : Ton père lui a donné un coup de marteau à cause des impôts !

Émilie : Je ne comprends rien. Qu'est-ce que François faisait dans le panier de Kévin ?

Malika : Je ne sais pas.

Kévin et Vernard reviennent.

Vernard de la Billardière : Moi, non plus. Mais j'aimerais bien le savoir ! *(À Kévin)* Tu n'en as pas une petite idée, toi ?

Kévin : Moi ? Non. C'est… c'est une surprise de le voir dedans.

Vernard de la Billardière : T'es sûr ?

Kévin : Bon, d'accord. Au moment où je sortais Votre ami est arrivé et m'a demandé s'il pouvait essayer mon panier.

Vernard de la Billardière : Pourquoi ?

Kévin : Je ne sais pas, j'étais pressé. J'ai dit oui et je suis sorti.

Vernard de la Billardière : Avec ma fille ?

Kévin : Non. Non, ça, ce n'était pas prévu. C'est une surprise, ça aussi.

Vernard de la Billardière : C'est quoi cette histoire ?

Kévin : Eh bien… comment vous expliquer ça, simplement ? Heu… Alors voilà…

Émilie : Laisse. C'est à moi de leur dire.

Kévin : T'es sûre ?

Malika : Nous dire quoi ?

Émilie : Je me suis inscrite sur le site de papa.

Malika : Quel site ?

Émilie : Adopte un pauvre.com

Vernard de la Billardière : Tu as un pauvre, toi ?

Émilie : Non.

Vernard de la Billardière : Ben à quoi ça sert alors ?

Émilie : Tu n'as pas bien compris. Je m'y suis moi-même inscrite. Comme si, c'était moi la pauvre.

Malika : Mais pourquoi tu as fait ça, ma chérie ?

Émilie : Par curiosité, pour voir, comme on dit ! Je n'ai pas été déçue. J'étais à peine inscrite que le site m'a proposé de rencontrer quelqu'un.

Vernard de la Billardière : Je t'interdis d'y aller, tu m'entends ? Tu ne vas quand même pas rencontrer un pauvre !

Émilie : C'est déjà fait.

Vernard de la Billardière : Quoi ?

Malika : Oh c'est merveilleux, ma chérie. Alors, raconte, il est comment ? Il est beau ?

Vernard de la Billardière : Mais on s'en fout ! C'est un pauvre !

Émilie : Il est très beau !

Kévin : Ah oui ?

Émilie : Oui.

Malika : Vernard, il faut que je t'avoue quelque chose ! Mais je te préviens, ça va te faire un choc.

Vernard de la Billardière : Tu ne vas pas t'y mettre, toi non plus ! J'ai assez de problèmes avec ta fille !

Kévin : Heu… moi aussi j'ai quelque chose à vous dire. Et ça risque de ne pas vous plaire non plus !

Vernard de la Billardière : Quoi ?

Émilie : Mon petit papounet, j'ai comme l'impression que tu n'es pas au bout de tes surprises !

NOIR

SCÈNE 16

Même décor, quelques mois plus tard.
La scène est vide. Le panier de Kévin a disparu.
On sonne à la porte

Émilie : *(En off)* Entrez ! C'est ouvert !

Entrée de François qui se déplace à l'aide d'une béquille. Il reste cependant près de la porte d'entrée, visiblement sur ses gardes.

François : Je ne risque rien ?

Émilie : *(En off)* Non, entrez, n'ayez pas peur. On arrive !

François : D'accord.

François ne bouge pas.

Émilie : *(En off)* J'arrive, j'arrive. *(Apparaissant sur scène, habillée pour sortir)* Voilà ! Bonjour François.

François : Bonjour Émilie. Il n'est pas là ?

Émilie : Si, mais il est sur la terrasse. Vous pouvez entrer.

François : Merci. Comment ça va ?

Émilie : Très bien et vous ? Comment ça se passe avec votre genou ?

François : La rotule en titane qu'on m'a mise semble bien fonctionner. Il faut juste que je m'y habitue. Et lui ? Comment va-t-il ?

Émilie : Toujours pareil ! Il ne dit rien. Il erre dans la maison comme une âme en peine, en traînant son panier.

François : C'est curieux qu'il se soit attaché comme ça, à ce panier !

Émilie : Le médecin a dit qu'il fait un transfert affectif.

Entrée de Kévin qui était dans la salle de bain.

François : Bonjour Kévin.

Kévin : Bonjour François. Ça va le genou ?

François : Ça roule !

Émilie : Au fait, François, vous avez des nouvelles de maman ?

François : Oui, elle m'en a envoyées en début de semaine. Elle est arrivée à Miami.

Kévin : Ah ! Elle a bientôt fini sa traversée des États-unis.

François : Il serait temps ! Trois mois que je ne l'ai pas vu. Ça commence à faire long.

Kévin : Déjà ?

Émilie : Oui, elle est partie le lendemain de notre mariage.

Kévin : C'est vrai.

François : C'est une femme libre maintenant. Il faut qu'on s'y fasse. Bon, on y va à cette remise de prix ?

Kévin : Puisqu'il le faut !

Émilie : Ne joue pas les modestes, mon chéri. On n'y croit pas.

François : Quand même ! Prix du meilleur journaliste d'investigation de l'année, pour votre article en immersion sur les dérives du parrainage solidaire !

Émilie : Je suis fière de lui.

François : Tu peux !

Kévin : Arrêtez, vous me gênez !

François : Ah ça, faut dire qu'on ne l'avait pas vu venir ! Pas une seconde je me suis douté que vous étiez journaliste.

Émilie : Moi non plus.

François : Personne en fait !

Kévin : Tant mieux, sinon je crois que Vernard aurait pu me tuer !

François : C'est vrai que ça ne l'a pas arrangé, le pauvre Vernard ! Dans la même soirée, apprendre qu'il perd son boulot, que sa femme le quitte, que sa fille se marie…

Émilie : Et surtout que son pauvre n'est pas pauvre !

François : Oui, je crois que c'est même ça qui l'a le plus touché, finalement !

Kévin : À ce propos, il faudrait peut-être le rentrer, non ?

Émilie : Tu as raison.

François : Heu… vous êtes sûrs ?

Émilie : N'ayez pas peur, vous ne craignez rien. Je suis là et Kévin aussi.

Kévin : *(Ouvrant la porte-fenêtre donnant sur la terrasse et appelant à l'extérieur)* Vernard ! Vernard. Venez, il faut rentrer maintenant !

Vernard entre lentement l'air fatigué et absent. Il traîne le panier de Kévin.
Il se dirige vers François qui instinctivement se protège avec une de ses béquilles.

François : Salut Vernard. Heu… Tu… tu vas bien ?

Vernard ne répond pas. Il s'assoit dans le canapé, pose ses pieds dans le panier et fixe le lointain, d'un air triste.

François : Il a l'air d'aller un peu mieux, non ?

Émilie : Oui. Il ne vous saute plus dessus, pour vous étrangler, quand il vous voit.

François : Il me fait de la peine !

Émilie : Ce n'est pas de votre faute. Il l'a un peu cherché !

François : Je sais. J'espère qu'il va s'en remettre assez rapidement.

Kévin : Pas trop vite quand même !

François : Pourquoi ?

Kévin : Eh bien, tant qu'il est à notre charge, on bénéficie d'une réduction d'impôt !

NOIR